U0108525

漫畫左傳 下

谷清平 編
貓先生 繪

新雅文化事業有限公司
www.sunya.com.hk

湯小團和他的朋友們

湯小團

愛看書，特別喜歡閱讀歷史。平時調皮搗蛋，滿肚子故事，總是滔滔不絕。熱情善良，愛幫助人。

唐菲菲

書巷小學大隊長，完美女生，還有點兒潔癖。有些膽小，卻聰明心細。

孟虎

又胖又高，自稱上少林寺學過藝，外號「大錘」。喜歡唐菲菲，講義氣，卻總是鬧笑話。

書店老闆

「有間書店」的老闆，也是書世界的守護者。會做甜點，受孩子們歡迎，養了一隻小黑貓。

王老師

湯小團的班主任。外表看起來很嚴肅，內心很關心同學們。

《左傳》，全稱《春秋左氏傳》，原名《左氏春秋》。相傳為春秋時期的魯國官吏左丘明所著。它記錄了東周時期二百多年間的各國歷史，講述上至天子、諸侯，下至商賈、義士等形形色色的人物故事，蘊含着做人、做事的智慧哲理。亦有許多成語流傳後世，如「唇亡齒寒」、「一鼓作氣」等等。《左傳》是儒家重要經典之一，也是中國歷代學子研習歷史的必讀書。

本書上、下兩冊共20個章節，精選了《左傳》中耳熟能詳的歷史故事。以漫畫形式重新演繹歷史，重現重要的歷史人物及事件。幫助孩子讀懂《左傳》，了解歷史，學習古人的品德情操。

目錄

第一章	晉靈公不君	6
第二章	楚莊王問鼎	16
第三章	逢醜父忠君	26
第四章	晉楚爭霸	36
第五章	子罕不受玉	46
第六章	子產治理國家	56
第七章	伍子胥奔吳	66
第八章	伍子胥大仇得報	76
第九章	夫差報父仇	86
第十章	勾踐滅吳	96

第一章　晉靈公不君

故事摘要

　　春秋時期晉國的晉靈公不施仁政，正直的大臣趙盾冒着生命危險進行勸諫。

原文節選

　　宣子驟諫，公患之，使鉬＊麑＊賊之。晨往，寢門辟矣，盛服將朝，尚早，坐而假寐。麑退，歎而言曰：「不忘恭敬，民之主也。賊民之主，不忠。棄君之命，不信。有一於此，不如死也。」觸槐而死。

節選釋義

　　趙盾多次勸諫，晉靈公有些害怕，便派遣鉬麑去殺他。早上，鉬麑去趙盾家裏，發現臥室的門已經打開，趙盾穿戴整齊準備入朝，因時間還早，便坐着閉目養神。鉬麑退出來，感歎地說：「趙盾時刻都保持恭敬，這才是百姓的主人啊。要殺百姓的主人，是不忠誠的。但背棄君主的命令，是不守信義的。二者皆不可觸犯，看來我只能去死了。」於是鉬麑在槐樹上撞死了。

＊鉬麑：chú ní，粵音徐危。

6

春秋時期晉國兩代明君相繼去世後，年幼的晉靈公即位。

還我棒棒糖！

晉靈公

國君，現在您擁有晉國了，您想做什麼都可以。

真的嗎？

晉靈公長大後，不做君主應該做的事，反而幹了不少壞事。

駕！駕！騎大馬！

都怪我多嘴……

他向百姓徵收繁重的賦稅，只為了裝飾自己的城牆。

我們都快餓死了，哪還有錢交給國家呢？

哼，你們的命哪有我的牆重要！

趙盾見士季勸說無果，自己親自上門勸諫。

國君，您可得改了！

好好好，我知道了。

國君，您可得改了！

知道了。

國君，您……

你煩死了！

趙盾真是太煩了，鉏麑，你去殺了他！

是！

鉏麑

鉏麑大清早趕到趙盾家。

這麼早，趙盾還沒起牀吧？

zzz……

只見趙盾已經穿好朝服，因時間還早，正閉目養神，等待上朝。

這樣的謙謙君子，我怎麼能殺死他呢？

看來，我只能自殺了。

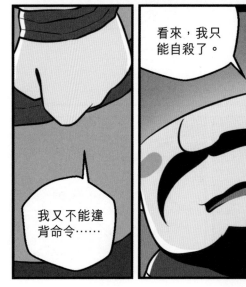

我又不能違背命令……

鉏麑一頭撞死在槐樹上。

鉏麑死後，晉靈公另想出一計。趙盾的車夫提彌明發現了這個陰謀，趕來解救。

晉靈公假裝請趙盾喝酒。

我已經設了埋伏，你是插翅難飛了！

先生喝酒。

謝國君。

臣子侍奉君主喝酒，超過三杯是不敬的。大人，我們快走！

提彌明

想走？給我咬死他！

生氣的晉靈公放出了兇猛的惡狗。

別管我！你快走！

用猛犬殺害忠良之士，這是國君幹的事嗎？

過了這條河，我就和晉國再無關係了。

逃跑中的趙盾。

大人，回去吧，晉公死了！

你怎麼能弒君呢？

我只想嚇唬一下他……

就算他罪惡滔天，你也不能下毒手啊！

我……

到角落罰站去！

是……

史官董狐

趙盾殺了國君……

我沒有殺他呀。

你是晉國重臣，兇手是你的弟弟。

你不懲罰兇手，就要替他承擔罪名。

你說是，那就是吧。

你要是離開晉國，這場兇殺就與你沒關係了。

我永遠不會離開晉國的。

趙盾雖背負了「弒君」的罪名，但他在晉國百姓心中的地位並沒有改變。

趙大人，我們支持您！

您做得對！

您是我們的大救星！

趙盾保住了晉國的霸業，讓晉國延續了過去的輝煌。

話雖這樣說，但你能把我「弒君」的罪名從史冊上改掉嗎？

不行！你快鬆手！

湯小團劇場

他們太了不起了，我也想成為這樣的人！

是嗎？

從今以後，我要改掉自己的壞毛病，努力向英雄看齊！

好啊，從現在起，不能睡懶覺、不能貪玩、不能挑食、不能偷吃零食、不能亂扔東西、不能開小差⋯⋯

當英雄好累，我還是睡覺吧。

★ 第二章　楚莊王問鼎

 故事摘要

　　楚國的國力日益增強後，楚莊王稱霸中原的野心漸漸膨脹。

 原文節選

　　德之休明，雖小，重也。其奸回昏亂，雖大，輕也……周德雖衰，天命未改，鼎之輕重，未可問也。

 節選釋義

　　如果君主德行光明正直，即使鼎再小，那也是很有分量的；如果社會混亂邪惡，即使鼎再大，那也是很輕的……周王朝的德行雖然衰敗，但是天命沒有改變，鼎的輕重，也沒到你可以詢問的時候。

我們前面講的齊桓公、晉文公、秦穆公，他們能成為春秋霸主，是需要得到周天子*的認可的。

承蒙天子厚愛，臣受寵若驚。

這是你應得的。

秦穆公

周天子

但有一位霸主例外，他就是楚莊王。

哼，我為什麼要得到周天子的認可？

楚莊王

楚國距離中原較遠，被其他春秋大國視作蠻夷*。

我給您作了一首詩。

好詩啊！來，喝酒。

聽說他吃飯嘴巴都不閉上。

好粗俗啊！

君主聚會。

* 周天子：周天子是春秋時期的天下共主，其他諸侯國是他的歸屬國。
　蠻夷：古代泛指華夏中原民族以外的少數民族。

強大的楚國想進入中原，但卻一直被排擠，也得不到周天子的認可。

他們都看不起我！

於是，楚莊王攻克了周邊許多小國，樹立了自己的地位。

公元前 606 年，楚莊王打仗歸來，恰好經過周天子的都城，於是在城郊炫耀自己的兵力。

來，給天子表演一個後空翻！

他欺人太甚！

他沒文化，您別跟他計較。

我不想理他！王孫滿，你去接待他吧。

王孫滿

您辛苦了！

聽說天子有九件鼎，都有多高多重呀？

不懷好意

天子的九鼎，代表着華夏九州，意義重大。

他這麼囂張，想必是不把天子放在眼裏了。

鼎的大小輕重，在於擁有者的德行，而非鼎本身。

一臉不屑

夏桀*、紂王昏庸無道，最終將鼎拱手讓給他人。

如果君主有德行，鼎再小，也是重的。

若有所思

如果君主昏庸無能，鼎再大，也是輕的。

* 桀：jié，粵音傑。

19

天子擁有大鼎，是上天的旨意。

雖然周王朝德行衰微，但上天的旨意並未改變。

你還沒告訴我鼎多重呢？

九鼎的輕重，是不可詢問的。

楚莊王慚愧地走了。

時機還未成熟，就算我篡位了，其他諸侯國也不會順從的。

楚莊王回國後，立志要在政治、經濟、文化等方面進行改革，而不是僅僅依靠武力征服他國。

不能總是打打殺殺的。

公元前 598 年，陳國的夏徵舒謀反，楚莊王平定了叛亂，又順便吞併了陳國。

以後你們就是強大的楚國的子民了，感動不？

嗚嗚嗚……

楚國大夫申叔時對此很是不滿。

夏征舒弒君，罪過很大，您處死他，是沒錯的。

是呀！

某人的田地被別人的牛踩踏了。

於是他將別人的牛搶了過來，這難道對嗎？

您討伐夏征舒的舉動無可厚非，但您太過貪婪，將陳國收入了自己囊中。

這合適嗎？

那我把土地歸還給陳國，可以嗎？

可以，拿了別人的東西要及時歸還嘛！

於是楚國又恢復了陳國。

不好意思啦，這就把你們的土地還給你們。

公元前 597 年，楚莊王圍攻鄭國。鄭國人只好用占卜來推測前途。

大凶……

還是大凶……

是大吉呀！

嗚嗚嗚，太好了。

他們哭得這麼厲害，是有國喪嗎？

我心地善良，既然鄭國在辦喪事，我就撤軍吧。

假慈悲……

楚軍走後，鄭國人鬆了一口氣，趕緊修葺* 城牆。

快修牆，不然楚軍又要殺回來了。

楚莊王發覺自己上當，一怒之下攻克了鄭國都城。

你們竟敢騙我！

沒騙您啊……

*葺：qì，粵音輯。

鄭襄公不忍人民辛苦，他裸露着上身，牽着羊，向楚王賠罪。

我沒能侍奉好楚國，是我的罪過。

但希望您能施恩於我們，不要滅了我的國家。

鄭襄公

別答應他。

不能放過鄭國。

他為了人民能屈居人下，想必在國內也是深受人民敬愛的。

鄭國國君是深明大義之人，我要向你學習。

快穿上衣服吧！

好……

在楚莊王的英明領導下，楚國國力空前強盛。

要學習中原人的優點，提高我們的文化水準……

其他諸侯國也不再忽視楚莊王，而是慢慢認可了他的地位。

他怎麼變得這麼謙遜了？

士別三日，刮目相看啊。

湯小團劇場

咦，小團今天怎麼如此認真？

一個小時後。

他已經學了一小時了，我去嚇唬一下他。

哇！

偷玩手機

啊！

你又在裝模作樣！

小知識

成語「一言九鼎」中的「鼎」就是本章楚莊王問鼎中的「鼎」，鼎在古代是權力的象徵，被奉為傳國之寶。「一言九鼎」這個成語形容言辭極有分量，作用大。

★ 第三章　逢醜父忠君

故事摘要

齊晉之戰中，齊國大臣逢*醜父冒着生命危險拯救國君。

原文節選

韓厥*獻醜父，郤*獻子將戮之。呼曰：「自今無有代其君任患者，有一於此，將為戮乎！」郤子曰：「人不難以死免其君。我戮之不祥，赦之以勸事君者。」乃免之。

節選釋義

韓厥將逢醜父獻給郤克，郤克想要殺了逢醜父。逢醜父大聲呼喊：「從來沒有人能替他的君主承擔災禍，而我敢於代替君主受難，卻要被活活殺死！」郤克說：「你敢為了君主的安危而死，我殺了你就不吉利了。我赦免你的罪行，希望能以此勉勵那些侍奉君主的人。」於是他赦免了逢醜父。

* 逢：較罕見姓氏。現代多用「逄」。
　厥：jué，粵音缺。
　郤：xì，粵音隙。

公元前 592 年，晉景公派郤克去齊國，請齊侯參加盟會。

郤克是個瘸子，走起路來可好笑了。

齊頃公

是嗎？我想看看。

郤克

哈哈，這個瘸子太好笑了！

他羞辱我！我要回家！

郤克回到晉國，向晉景公報告了此事。

晉

請您替我報仇！

晉景公

不是不報，時候未到。

我自己去討伐他！

不，一切要從長計議。

27

公元前 589 年，齊國攻打衛國，衛國向晉國求援。

孫桓子

請您幫幫我們吧，我們快被齊國滅掉了。

機會來了。

我這就向國君請求出兵。

既然衛國求助，那就只能出兵了。

齊軍和晉軍在鞍地擺開陣勢。齊頃公讓逢醜父駕車，親自率軍拒敵。

齊頃公

郤克

消滅了這些人後，我們去吃早飯！

好啊！

衝啊！！

兩軍激烈交戰，郤克受了傷。

我受傷了！我要死了！

忍着點，別叫了！一開始我的胳膊就被射穿了。

你看，車輪都被染成紅色的了。

哎呀！

解張

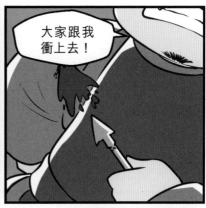

大家跟我衝上去！

郤克部下解張帶領士兵英勇奮戰，齊軍不敵。

這些人打起來怎麼像不要命了一樣？

別想逃！

齊軍大敗而逃。

韓大夫，等等我！

齊頃公就在前面，大家加油追！

晉國大夫韓厥也緊追着齊頃公的車。

韓厥

嗖嗖！

齊軍發起偷襲

話音剛落，晉軍就遭到齊軍的偷襲，齊頃公趁機跑掉了。

韓大人小心！

糟糕！快躲開！

不能讓他跑了，追！

逃跑的路上，逢醜父突然喊住齊頃公。

他們快追上來了，您快跟我換下衣服和位置。

齊頃公

什麼？

逢醜父

眾人繼續趕路。

糟糕，車壞了，我們不能前進了。

假扮齊頃公的逢醜父

這可怎麼辦呀？

齊頃公

別哭呀，趕緊來推車！

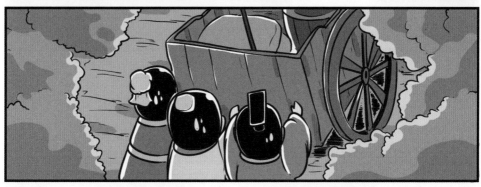

推不動了，這可怎麼辦？

快呀，要被敵人追上了！

這時，晉軍追了上來。

韓厥

不是我偏要揪着您不放，是我不得不盡軍人的職責。

虛偽！

韓厥將逢醜父認作齊頃公，把他抓了起來。

我要喝水。

這就給您去打水。

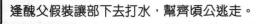

逢醜父假裝讓部下去打水，幫齊頃公逃走。

怎麼還不回來？先把齊公帶回晉軍大營！

郤克

我上當了！你不是齊公！

反正齊公已經跑了，你能拿我怎麼樣？

我殺了你！

代替國君受難的人，就要這樣被殺死嗎？

忠誠之人，我不忍心殺啊⋯⋯

齊頃公逃出晉軍的包圍後，到處尋找逢醜父。

國君，您沒事吧？

我沒事，你們快去找逢醜父！

衛國人

咦，那是齊公？

逢醜父，你在哪裏呀？

33

大王,別找了,我們已經輸了。

我不管,我一定要找到逢醜父!

齊頃公又闖進衛國軍隊尋找逢醜父。

衛國人見了,非常感動,也不忍心殺死齊頃公了。

逢醜父!逢醜父!

他如此珍惜自己的臣子,真令人感動。

齊國大敗後,齊頃公變得低調內斂,從此不再驕傲自滿、四處征戰。

齊

他體恤老弱、安撫民生、厚待諸侯,博得了良好的名聲。

之前我給國家帶來了這麼多災難,現在得好好反省了。

湯小團劇場

孟虎，我的好兄弟，我一定不會讓你白白犧牲的。

我先走了，接下來的路，就靠你自己了！

放心吧，我一定會勝利的。

玩個遊戲而已，你們也太入戲了！

★ 第四章　晉楚爭霸

 故事摘要

晉國和楚國為爭奪中原霸主之位，展開了一場大戰。

 原文節選

欒*書曰：「楚師輕窕，固壘而待之，三日必退。退而擊之，必獲勝焉。」

 節選釋義

欒書（即欒武子）説：「楚軍心浮氣躁，我們可以加固壁壘來等待他們，三天之內，楚軍一定會撤退。他們一旦撤退，我們就追擊他們，一定會獲得勝利的！」

* 欒：luán，粵音聯。

晉國又集結了一羣兄弟，對鄭國發起進攻。

我們勝券在握了。

樂武子

鄭國人聽說晉軍來犯，連忙派人向楚國求助。

豈有此理！子反，你去給他們點厲害看看！

我有種不祥的預感……

砰！

楚共王

子反

子反心有顧慮，他率軍經過申地時，特地去拜訪了當地一位德高望重的老人申叔。

這次交戰，結果會怎樣呢？

國君犧牲老百姓的利益來滿足自己的欲望。

申叔

難道還想打勝仗嗎？

五月，晉軍渡過黃河。聽說楚軍也要來了，範文子一心想退回去。

欒大人，楚軍好可怕，我們回去吧！

範文子

不行！

六月，晉楚兩軍在鄢*陵相遇，範文子又想臨陣脫逃。

郤大人，我不想打了……

不戰而降，會給國家帶來恥辱的。

郤至

楚國太強大了，我們打不過的。

就你話多，趕緊去練兵！

哎喲！

範文子見郤至和欒武子不為所動，只好向晉厲公進諫。

國君，楚軍太強了，我們擋不住的。

楚軍心浮氣躁，我們加固堡壘，三天之內，他們一定會撤退。此時我們再追擊，必將大獲全勝！

* 鄢：yān，粵音煙。

大王，我在楚國待了許多年，知道一些情況。

苗賁皇

說來聽聽。

楚國只有子反帶領的軍隊是精兵，我們只要集中力量攻擊他們，就能獲勝。

大吉

好，一舉擊敗他們！

晉軍經過一個大泥坑，晉厲公的車子不小心陷進去了。

快救救我！

大王，您快坐上我的車吧！

範文子

40

欒武子想搭救晉厲公，他的兒子欒鍼*見狀，連忙阻止父親。

父親，你快走！

欒鍼

這⋯⋯

戰場上的事更重要，這裏交給我。

好兒子。

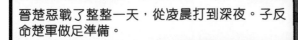

晉楚惡戰了整整一天，從凌晨打到深夜。子反命楚軍做足準備。

快去補充軍備，我們天亮了就吃飯。

是！

子反

範文子看到後，很是不安。

範文子

別怕，我們也做好充足的準備了！

* 鍼：zhēn，粵音鉗。

晉軍故意讓楚國俘虜看到軍隊熱火朝天的樣子，並放鬆了對他們的看守，讓他們逃回楚營。

晉國必勝！

哈哈哈！

楚國俘虜

他們看上去勝券在握呀。

快逃回去報告消息。

楚

大王，晉軍看上去勝券在握了。

快去找子反來！

楚共王

不料子反被手下灌醉了，躺在牀上呼呼大睡。

我想讓子反大人放鬆一下……

你為什麼要灌醉他？

天敗楚國啊！

楚軍連夜逃跑了。

晉軍攻入楚軍營壘，一連三天，吃着楚軍的糧食。

國君年幼，諸臣無才，憑什麼打敗強大的楚軍？

範文子

都是上天在幫助我們，您千萬不要驕傲自滿呀。

先生説的是。

晉厲公

楚軍撤回了瑕地，楚共王怕子反自責，派人安慰他。

楚

大王説了，這一切不怪您，都是他的過錯。

子反

因為喝醉酒貽誤了軍機，我要承擔這些罪過啊。

43

士大夫豈能苟且偷生？

使者回去後便將子反的話匯報給楚共王。

壞了，要是子反想不開怎麼辦？

你們快去看看子反！

大王！不好了！

子反因為自責，吞藥自殺了。

子反啊！

從那以後，楚國漸漸失去了對中原的控制，國力走向頹勢。

爹，我對不起你……

湯小團劇場

★ 第五章　子罕不受玉

故事摘要

　　宋國賢臣子罕不貪圖財物、大公無私，保住國家的太平。

原文節選

　　子罕曰：「我以不貪為寶，爾以玉為寶，若以與我，皆喪寶也。不若人有其寶。」

節選釋義

　　子罕説：「我的寶物是不貪婪，你的寶物是玉，若你把玉給了我，我們兩個都喪失了自己的寶物。不如每個人都看好自己的寶物。」

春秋時期，宋國有一位賢臣，名叫子罕。

新的一天，從努力工作開始！

子罕

那時，爭奪權力的事情不僅出現在諸侯間，士大夫之間也經常發生爭端。

他們動手了，我們也開始吧！

各股政治勢力錯綜複雜，子罕也不得不置身於政治漩渦中。

你們別打啦！

但子罕無意於政治鬥爭。

有空打架，還不如想想怎麼給老百姓帶來好處！

子罕清正廉潔、大公無私，致力於打造一個繁榮穩定的宋國。

加油！早點做完，晚上給你們加雞腿！

大人，您在工地上真是「舉足輕重」。

哈哈，不敢當。

不是。能否請您抬下腳？您踩到我的板子了。

呀！

大人，有人要來見您。

誰呀？

我無意中得到了這塊美玉，特地將它送給您。

來歷不明的玉，我怎能收？

我已經讓玉匠鑒定過了，才敢拿來獻給您。

你的寶物是這塊玉，我的寶物是不貪的美德。你若是把玉給了我，我們就都失去了自己的寶物。

我……

我們還是收好各自的寶物吧。

如果您不收下，我會死的！

這是為何呀？

全村的人都知道我有一塊寶玉，如果我帶着玉回去，嫉妒之人一定會殺了我的。

這……讓我想想。

於是，子罕將他帶到了自己的住處。

給他安排好房間。

是。

你就在這裏住一陣子吧。

子罕找來玉匠，將這塊美玉雕刻得非常精美。

好好幹，工錢一分都不會少給你的。

放心吧。

雕刻完畢後，子罕又將玉賣了個好價錢。

哇，這是個寶貝啊！

一千兩銀子，愛買不買，不買我賣給別人。

買買買！

子罕把銀子給了獻玉者，讓他回家過好日子。

防火防盜防鄰居啊！

太感謝您了！再見！

就這樣，子罕捍衛了宋國的廉潔制度。

同時，也為自己積累了良好的名聲。

我不收賄賂。

子罕回到家，看到有人拿着白銀在等他。

大人，今天是發工資的日子，您忘啦？

哦⋯⋯

有一年,宋國發生了饑荒。

大人,求求您給我點吃的吧!

唉!好,好。

子罕忙派部下送來糧食,施捨給乞丐。

太感謝了!

越來越多的乞丐聚集到子罕身邊。

大人,求您也給我們點吃的吧!

好，來者有份。

大人，糧食就快要發完了。

唉，我也沒攢下多少糧食，這可怎麼辦呢？

子罕只好向宋平公求助。

隔壁鄭國的子皮在饑荒時打開國庫救人，我們也應該這樣做。

這……國庫的糧食不夠用啊。

宋平公

讓有餘糧的士大夫們也借糧給百姓，救災先救人。

好，一切都交給你了。

子罕打開國庫，賑濟災民。

一個一個來，不要急。

您真是大善人。

要向他們收取利息嗎？

不需要。

子罕又向其他士大夫求助，說服他們拿出自己的儲備糧。

不行！

我要高價賣給他們。

要是百姓都餓死了，就沒人買你的糧食了。

在子罕的努力下，宋國百姓渡過了這場危機。

子罕大人還需要什麼玉呢？他自己就是一塊美玉啊！

湯小團劇場

我今天撿到一百塊錢，交給了警察叔叔。

真棒！

小知識

古人常將玉佩戴在身上做裝飾品，君子尤其愛佩玉。古語有「君子無故，玉不去身」的說法，古人對玉佩的熱愛不是因為玉很貴重，而是因為玉象徵品格高潔。

過了半天……

我找找，我的錢呢？

糟了，我撿到的是我自己的錢！

哈哈哈！

★ 第六章　子產治理國家

 故事摘要

　　鄭國大夫子產，力排眾議，堅決實行改革，把鄭國治理得井井有條。

 原文節選

　　子產曰：「何為？夫人朝夕退而遊焉，以議執政之善否。其所善者，吾則行之。其所惡者，吾則改之。是吾師也，若之何毀之？我聞忠善以損怨，不聞作威以防怨。」

 節選釋義

　　子產說：「我們為什麼要拆除鄉校呢？人們完成早晚的工作後，來鄉校遊玩，談論政治的好壞。他們說喜歡的，我就努力執行；他們說不喜歡的，我就堅決改正。人們是我的老師啊，為什麼要毀掉鄉校呢？我只聽說要忠誠善良從而減少怨恨，沒聽說過要濫施刑罰來防止怨恨的。」

當初，鄭國上卿子皮將政事交給了子產。

以後你就替我執政吧。

你再感動也不至於哭成這樣吧？

鄰國對我們虎視眈眈，國內的王公貴族又恃寵而驕，這讓我怎麼治理呢？

別怕，我讓王公貴族都乖乖聽你的話，看誰敢冒犯你！

子皮

子產

國家沒有大小之分，把小國治理好，也是可以緩和同大國之間的關係的。

子產執政後，把政事都交給伯石去辦，並給伯石城邑作為報賞。

你好好辦事，這些地方都獎給你。

伯石

國家是我們大家的，為何單獨送他城邑？

子太叔

城邑還在鄭國，又不會自己長腳跑了。

要是鄰國指責呢？

我這樣做不是要分裂國家，而是要讓大家和諧相處，鄰國有什麼可指責的？

可我還是不太放心……

別急，我們再觀察一陣子。

最近總是有人怪我不該收這些城邑，我還是將城邑還給您吧。

給你了就是你的了。

不准反悔哦！

怎麼會呢？

後來，子產任命伯石為卿。

子產大人任命您為卿。

我不想幹，你走吧。

你剛剛説什麼？再説一遍。

子產大人任命您為卿。

你走吧。

我還是沒聽清，你能不能……

子產大人任命你為卿。

拒絕了這麼多次也推辭不掉，我就勉為其難接受任命吧。

伯石居然是這種人？

子產由此對伯石感到厭惡，但依然讓伯石居於高位。

大人，吃飯了嗎？吃了多少啊？要不要我請您再吃點？

真煩人……但他是個人才，我又不得不用他。

鄭國先君的後代豐卷要舉行祭祀，請求狩獵祭品。

只有君主祭祀才能使用新鮮的獵物，其他人用普通的就可以了。

我是先君後裔，也不行嗎？

豐卷

不行！

子產居然不把我放在眼裏！

後來，子產收到豐卷的「宣戰書」。

子產嚇壞了，想要逃跑。這時，子皮出現了。

快，收拾東西，我要去晉國躲躲。

沒出息！看我怎麼教訓豐卷！

子皮

子皮率領軍隊趕跑了豐卷，豐卷只好逃往晉國。

嗚哇！好凶呀！

果然薑還是老的辣！

豐卷如此傷害您，您應該沒收他的田地房舍！

留着吧，以後要還給他的。

三年後，子產派人將豐卷迎回鄭國，把他的財產全部還給了他

您不生氣了嗎？

我早就不生氣了。

最初，百姓對子產也有許多誤解。

子產重新劃分土地，這是怎麼回事啊？

他是不是想沒收土地？

真可惡啊！把他殺掉吧！

後來，百姓都對子產心服口服。

原來他重劃土地，是為了讓我們的土地增產啊。

他還給我們村的小孩找了好老師呢。

我們都誤會他了啊。

春秋時期的君主們為教育人民，在鄉裏開設了一些專門學校，叫「鄉校」。人們經常在裏面談論政治。

安靜！安靜！

聽說齊國又減稅了。

秦國又在練兵，不知哪個國家要倒霉了。

魯國在招募人才，我想去碰碰運氣……

我跟你們說啊，國君他……

天哪，那些士大夫怎麼也不管管？

一次，子產和然明路過鄉校，恰好聽到有人在討論政治。

這些人說國家的壞話，咱們把鄉校拆了吧？

然明

百姓們覺得好的，我就大力推行。

他們覺得不好的，我就努力改正。

百姓是我的老師啊，為何要毀掉鄉校呢？

您難道不怕他們對國家產生怨恨嗎？

我只知道要靠忠善來減少百姓的怨恨，還沒聽說過用淫威來防止怨恨的。

跟您比起來，我真是自愧不如。

在二十多年的執政期內，子產為鄭國贏得了較長時間的穩定和繁榮。

什麼時候可以攻打鄭國呀？

子產把鄭國治理得這麼好，我們現在怎麼下手啊！

湯小團劇場

 小知識

子產鑄刑書：公元前536年，鄭國子產將國家法律以條文形式鑄在鼎上，向天下公布。這是中國立法史上的大事。

第七章　伍子胥奔吳

 故事摘要

　　楚國的楚平王輕信費無極，殺害忠勇之臣，伍子胥不得不逃向吳國。

 原文節選

　　費無極言於楚子曰：「建與伍奢將以方城之外叛。自以為猶宋、鄭也，齊、晉又交輔之，將以害楚。其事集矣。」王信之。

 節選釋義

　　費無極對楚平王說：「太子建和伍奢要統率方城之外的人造反啦！他們自認為像宋國、鄭國一樣，齊國、晉國又會幫助他們，一同來侵犯楚國的利益！您再不出手，這件事情就要成功了！」楚平王輕信了他的話。

楚平王為太子建請了兩個老師——伍奢和費無極。

你要好好地向兩位師傅學本領呀。

放心吧，爹。

費無極

伍奢

楚平王

太子建

伍奢善良敦厚，費無極野心勃勃。

太子建信任伍奢，而不喜歡費無極。

師傅師傅，這句話怎麼理解呀？

我來看看⋯⋯

得想個辦法除掉伍奢。

67

費無極心生一計，來到楚平王面前獻策。

太子年齡也不小了，該娶妻了。

我也正有這個打算。

楚平王決定為太子建聘娶秦國的公主。

我不去嘛！我要跟師傅一起！

這像什麼樣子？

既然太子不願意，那請您獨自去秦國吧。

砰！

説得也是。

於是，楚平王自己去了秦國。

秦

秦國公主

真是天人之姿啊！

大王，反正太子也沒有娶妻之意，不如您……

胡說什麼哪！

唉，這樣美麗的女子，天下可找不出第二人啦。

嘿嘿，我考慮一下。

楚平王向公主求婚，將她娶回了楚國。

爹，你明明説要給我娶妻的！

後來，楚平王討伐南夷，想在邊遠地區樹立權威。

我們得讓南蠻心服口服才行，得派人鎮守南方。

那派誰鎮守呢？

太子呀。

太子把我當仇人看，我早就想把他攆出去了。

就這麼辦！

去吧，去南方實現你的宏圖大業吧！

氣鼓鼓

沒過多久，費無極又向楚平王進讒言。

大王，你派太子去駐守南方，他意見很大，要和伍奢聯合起來推翻您呀！

還有這事？

楚平王大怒，逮捕了伍奢。

聽說你要和太子聯手造反，可有此事？

您為何聽信讒言，陷害無辜之人？

司馬奮揚，你去把太子給我殺了！

嘿嘿，成功了！

司馬奮揚派人提前通知了太子建。

太子，你快逃吧！

什麼？我爹要殺我？

送信人

太子建

太子建連夜逃往宋國避難。

還好司馬通知得及時。

是誰把我要殺太子的事情洩漏出去的？

是我。您曾經要我全心全意侍奉太子，所以我不忍心傷害他。

司馬奮揚

那你又為何回來？

我自知有罪，所以趕回來領罰。

你回去吧，還是像以前那樣履行政務。

伍奢的兒子們也很有才能，要是他們逃跑了，必定會成為楚國的心頭大患。

那要怎麼辦呢？

何不用赦*免其父的名義召見他們？他們仁愛孝順，一定會來的。

好主意！

伍奢的兒子們很擔心父親的處境。

只要你們去向大王求情，他就放過你們的父親。

楚王不可能放過我們伍家的人，他是想把我們騙過去受死啊！

弟弟，你去吳國吧，我一個人去赴死。

不要啊！

我不能拋棄父親，更不能損害伍家的名譽，我必須要去。

你要活下去，為我們報仇！

伍尚

伍子胥

* 赦：shè，粵音卸。

73

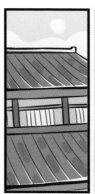

你弟弟呢？

我一個人來送死就夠了。

伍子胥逃走了，大王要愁得吃不下飯了！

楚平王殺死了伍奢和他的大兒子伍尚。

父親，哥哥，我一定會為你們報仇的！

伍子胥逃到吳國，向吳王僚陳說攻打楚國的好處。

你說了這麼多，無非就是想報私仇嘛！

不可大意，要一步步慢慢來。

那臣先退下了。

吳王僚

君子報仇，十年不晚。

湯小團劇場

都這麼晚了啊。

我以後一定要當老師。

王老師犧牲自己的休息時間輔導你，所以你以後也要像王老師一樣認真負責嗎？

不，如果我成了老師，我就可以把王老師的孩子留到這麼晚了。

小知識

伍子胥被奸人陷害後，匆匆逃出了楚國。民間傳言，伍子胥在通過昭關之時，擔心無法過關而一夜白頭，後來因容貌改變，反而躲過了追捕。

⭐ 第八章　伍子胥大仇得報

 故事摘要

　　楚國奸臣當道，忠勇之臣紛紛逃往吳國，為吳國攻佔楚國提供了良機。

 原文節選

　　吳從楚師，及清發，將擊之。夫概王曰：「困獸猶鬥，況人乎？若知不免而致死，必敗我。若使先濟者知免，後者慕之，蔑有鬥心矣。半濟而後可擊也。」

 節選釋義

　　吳軍追擊楚軍，一直追到了清發，準備再次發動攻擊。夫概王阻止了他們，說：「野獸被困住還要爭鬥一番，更何況是人呢？如果楚軍知道自己必死無疑了，就會拼死和我們作戰，一定會打敗我們的。如果先讓一批楚軍渡過河，讓他們免除一死，後面的楚軍就會羨慕他們，從而喪失了戰鬥的決心。等一半楚軍渡河後，我們就可以進攻他們了。」

楚平王去世後，費無極又唆使楚昭王殺掉正直的大臣郤宛。

你去給伍奢父子陪葬吧！

冤枉啊！

費無極

郤宛

郤宛的族人擔心自己也被費無極陷害，於是也逃往吳國。

大家快跑，別被追兵抓到！

伯嚭

郤宛的兒子伯嚭* 逃到了吳國。

求您可憐可憐我，楚國已沒有我的容身之地了。

求您了！

伯嚭

但我已經有伍子胥啦。

伍子胥

吳王闔廬

我知道楚王的一切弱點……

我馬上任命你為太宰*！

時值蔡國欺負楚國的小弟沈國，楚昭王下令圍攻蔡國，為小弟報仇。

你給我下來，向我小弟道歉！

楚昭王

趁着他們亂鬥，您可以拿下楚國啦。

天助我也。

伍子胥

* 嚭：pǐ，粵音鄙。
* 太宰：百官之首，相當於宰相。

77

我們先派出軍隊試探楚國……

然後再聯合蔡國和唐國，一舉殲滅楚國！

我們……這樣這樣……

好呀！

於是，吳國的軍隊經常騷擾楚國的邊境，楚國人氣得牙癢癢，但又對他們無可奈何。

來打我呀！

楚軍都是膽小鬼！

兄弟們上啊！

我們拿這羣人一點辦法也沒有嗎？

楚昭王

完全沒有。

那年冬天，吳國、蔡國和唐國一起進攻楚國。楚將沈尹戌和子常商討對策。

你沿着漢水和他們周旋，避免正面衝突。

是！

沈尹戌

我們的裝備沒有吳國的好，打仗必須速戰速決。

武城黑

沈尹戌會獨攬功勞，您一定要速戰速決。

史皇

子常

我……盡力吧。

子常把沈尹戌的話拋在了腦後，正面攻打吳軍。

衝啊！

他連打三仗，卻怎麼也贏不了吳軍。

怎麼會這樣？

我認輸了！

打了三仗就認輸，你還是個男人嗎？

不久，兩軍在柏舉對戰。吳王和弟弟夫概起了爭執。

楚國奸臣當道，將士們缺乏拼死作戰的決心。

我們搶先進攻，必能打得他們狼狽而退。

不行，太冒險了！

夫概

我支持夫概大人！

我們必須先發制人！這不是您說了算的！

衝啊！

不好，吳軍打進來了！

夫概不顧吳王的勸阻，率兵進攻子常的部隊，大獲全勝。

別追了。

為什麼？

困獸猶鬥，更何況是人呢？我們對楚軍緊追不捨，他們被逼急了，一定會垂死掙扎的。

你看，吳軍好像不追我們了。

真的！

他們害怕了！一羣膽小鬼！

再忍忍，待會兒就揍他們一頓。

一些楚軍士兵逃過河以後，挑釁吳軍。

過來呀！

膽小鬼！

來打我呀！

哼！

吳軍吃飽喝足後繼續追趕楚軍，連打五仗，楚軍節節敗退。最後，吳軍打到了楚國國都。

下來呀，你不是很囂張嗎？

沒幾天，楚昭王帶着妹妹逃出國都。

快點，他們要追過來了！

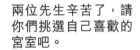

第二天，吳軍進入楚國國都，他們按照官爵尊卑入住楚國的宮室。吳王闔廬非常高興，向伍子胥、伯嚭道謝。

兩位先生辛苦了，請你們挑選自己喜歡的宮室吧。

謝大王賞賜！

我們終於報仇了！

楚昭王等人逃到隨國，請求隨國支援。

我的國家被滅了，求您救救我吧！

唉！你讓我怎麼辦呀！

隨國國君

與此同時，吳王闔廬打聽到了楚昭王的去向，也趕到了隨國都城。

楚國壞事做盡，是老天要懲罰他的，你可別袒護他！

這……我不能失了道義啊！

您要是願意把楚王交給我，我就把漢水北邊的土地全部給您。

讓我考慮一下吧。

隨國國君回去後和楚昭王談論此事。

楚昭王的哥哥子期與楚昭王長得很像，他想到了一個辦法。

要不讓我裝扮成大王，把我交給吳國？

子期

不行！

只能靠占卜來決定了。

大凶

看來不能把子期交給他們。

我國與楚國歷來友好相處，楚國一直庇護我們免受外國侵略。

如今楚國有難，我們怎能見死不救？

這……

你們已經攻佔楚國了，還需要楚王做什麼？請回去吧！

好吧。

子胥啊，沒能捉到楚王替你報仇。

沒關係，滅了楚國也是一樣的。

楚昭王被隨國人的義氣所感動，主動與隨國結盟。

你是我最忠誠的朋友，我恨不得把王位都讓給你。

大王言重了。

子期

一會兒要和隨國結盟，需要取些你的血*，可能有點疼。

啊？

* 春秋時期，人們在結盟時會取自己的血以示守信。

84

湯小團劇場

「春秋無義戰」，這句話怎麼解釋呢？

因為春秋諸侯們為了各自的利益發動戰爭，給百姓們帶來了巨大的傷害，所以儒家認為春秋沒有合乎道義的戰爭。

原來如此，我還以為是……

春秋發動的戰爭都是沒意義的。

哈哈。

★ 第九章　夫差報父仇

故事摘要

　　夫差為報殺父之仇攻打越國，卻逐漸失去了鬥志，變得驕奢淫逸。

原文節選

　　夫差使人立於庭，苟出入，必謂己曰：「夫差！而忘越王之殺而父乎？」則對曰：「唯，不敢忘！」三年，乃報越。

節選釋義

　　吳王夫差讓人站在庭院中，當夫差出入的時候，那人就會對夫差大喊：「夫差！你忘了越王的殺父之仇了嗎？」夫差便回答：「是，我不敢忘記！」三年之後，夫差找越國報仇。

公元前 496 年，吳國攻打越國，因為越國曾趁着吳國國力空虛的時候進犯吳國。

有越國這個強大的對手在鄰邊，我總是夜不能寐、食不知味呀！

吳王闔閭

越國侵犯我們在先，我們對它宣戰是合情合理的！

越王允常死了，如今越國大亂，我的機會來了……

大王英明！

越王勾踐即位，聽聞吳國要打越國，心裏很是犯愁。

我爹幹的壞事，怎麼報應全降臨到我頭上了？

越王勾踐

越軍只好匆匆上陣，吳越兩軍在檇*李擺開陣勢。

我當上國君沒多久，就接下這麼個爛攤子，我命苦呀。

勾踐

衝啊！

吳軍團結一致，把長長的越軍隊伍打得七零八落。

而吳軍的隊伍毫髮無損。

勾踐見越軍久攻不破，心生一計。

有了！

* 檇：zuì，粵音最。

勾踐找來幾個死囚，讓他們站在兩軍陣前自陳罪狀。

我觸犯軍令，讓國家蒙羞，不求逃避責罰，只求一死。

吳軍被勾起了興趣，紛紛趕來看越國死囚自殺。

讓我看看！

哎呀，你別擠！

吳軍隊形大亂，勾踐趁機進攻，一舉擊敗吳軍。

就是現在！衝呀！

越軍來啦！

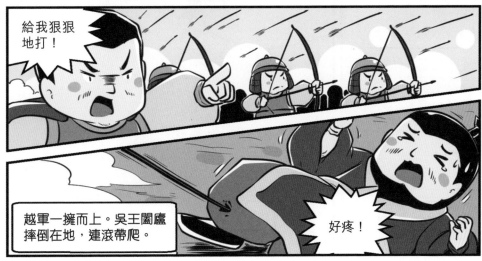

給我狠狠地打！

越軍一擁而上。吳王闔廬摔倒在地，連滾帶爬。

好疼！

抓到吳王啦！

好臭！

士兵趕來救走吳王。

吳王闔廬受了重傷，沒過多久就病危了。臨死前，他向兒子夫差交代後事。

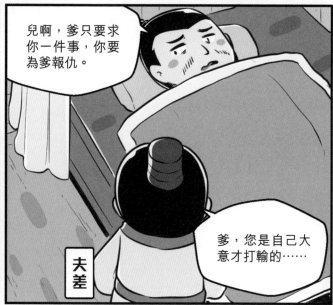

兒啊，爹只要求你一件事，你要為爹報仇。

夫差

爹，您是自己大意才打輸的⋯⋯

咳咳咳！

爹，我一定替您報仇！

夫差為了激勵自己報仇的意志，命令大臣隨時隨地提醒自己。

你要一直鞭策我。

是！

夫差！你忘了越王殺死了相信你的父親嗎？

記得，記得。

夫差！你要為你父親報仇啊！

好的好的。

夫差！你父親⋯⋯

還讓不讓人睡覺了！

就這樣，吳王夫差練了三年的兵，打造了一支精悍的部隊。

戰勝越國！吳國無敵！

吳國再次攻打越國，在夫椒山把越國打得七零八落。

三年不見，這小子怎麼變得如此厲害了？

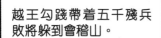

越王勾踐帶着五千殘兵敗將躲到會稽山。

大王，我們都快餓死了……

沒辦法，只能投降了。

越國派使者前去吳國求和。

請您饒了越國吧！

再多送點寶貝來，我就撤兵。

越王勾踐不是平庸之輩，他一定會報仇的！

伍子胥

勾踐有什麼可怕的！

勾踐善施仁政，民心所向，不出幾年他就能成就霸業。

如果我們不把他趕盡殺絕，就會給自己帶來殺身之禍啊！

我看勾踐沒這個能耐。

伍子胥勸不動吳王，只好找伯嚭訴苦。

國君太過輕敵，怕是活不長了。

別亂講，當心我告訴國君！

伯嚭

當年三月，吳越兩國講和。越王勾踐自願給吳王當僕人。

我會像孝敬爸爸一樣孝敬您。

這小子瘋了吧？是不是被我打壞腦子了？

這樣的生活真是美好賽神仙啊！

吳王，我這力道還行嗎？

吳王不聽我的勸告，他的好日子恐怕過不了多久了……

湯小團劇場

明天就要考試了，你還在看電視？

小知識

據《史記》記載，勾踐為了說服伯嚭幫自己脫困，送給伯嚭黃金和美女佳麗。於是，伯嚭力壓伍子胥促成了和談。

沒關係，我上次考得很好，這次也一定沒問題的。

好吧。

我怎麼只考了這點分數？

驕兵必敗，下回可要吸取教訓啊。

★ 第十章　勾踐滅吳

故事摘要

　　越王勾踐臥薪嘗膽、勵精圖治，終於戰勝了吳王夫差。

原文節選

　　冬十一月丁卯，越滅吳。請使吳王居甬東，辭曰：「孤老矣，焉能事君？」乃縊。

節選釋義

　　冬十一月二十七日，越國滅掉吳國。勾踐讓吳王居住在甬東，吳王推辭道：「我已經老了，還能夠侍奉君主嗎？」於是吳王上吊自殺了。

吳國打敗越國後，勾踐帶着妻子和大夫范蠡*到吳國當奴僕。

哈哈哈，堂堂越王勾踐居然成為了我的奴僕！

吳王夫差

臣能伺候吳王，是臣的福氣。

越王勾踐

是呀，您是我們的救命恩人。

這樣的日子什麼時候才能結束啊？

范蠡

再忍忍，我們很快就能騙取夫差的信任了。

我想家了！嗚嗚……

三年後，夫差終於釋放三人回國了。

我很滿意，你們可以走了。

謝吳王！

勾踐回國後，怕自己貪圖享樂、不思進取，對自己要求嚴苛。

吃得苦中苦，方為人上人。

*蠡：lí，粵音禮。

勾踐在房間裏掛了一隻苦膽，每天起牀後就嘗嘗苦膽。

好苦啊！

都是夫差害得我這麼痛苦！

您忘記三年來所受的恥辱了嗎？

侍衞也時常提醒勾踐。

勾踐把國事交給文種和范蠡，自己親自到田裏幹活。

國君，您歇會兒吧。

是啊，我們怕您身體吃不消。

區區小事，不要緊的。

你放下吧！小苗都快死了……

哎呀！

勾踐的種種行為感動了越國百姓。

國君的韌性和毅力令人自愧不如啊！

經過十年的努力，越國終於兵精糧足、國富民強了。

很好！

與此同時，吳國盲目擴張，給百姓帶來了極大的傷害。

把你們的財富和美女都交出來！

國君，放過他們吧，他們是真的一點都拿不出來了。

伍子胥

你總是頂撞國君，是不是想造反啊！

伯嚭

我沒有……

伍子胥總是反對我，只有伯嚭懂我的心意。

夫差殺害了忠臣伍子胥，這給勾踐注入了一針強心劑。

伍子胥死了？

是啊，就是那個想要滅掉越國的伍子胥。

伍子胥，你就是想造反！

我……

他死了，阻礙我攻打吳國的障礙就消失了。

公元前 478 年，越國舉兵攻打吳國，兩軍在笠澤對陣。

這不是我以前的手下敗將嗎？

哈哈哈！

我都忍耐了十年了，難道還忍不了今天嗎？

越國的軍隊衝上去就把吳軍一頓狠揍。

什麼？

子胥，快來救駕！

伍大人已經被您處死了。

要追嗎？

不急，我們先撤兵吧。

越國也不過如此嘛！

過了兩年，越國又攻打楚國，目的是為了讓吳國放鬆警惕。

不許跑！

傻子才不跑！

越軍　　　　楚軍

楚軍反擊，追趕越軍到了冥邑。

過來打架啊！

追上我們啦？

辛苦辛苦。

無聊，不跟你們玩了！

別走啊，來喝點小酒。

楚軍見越軍不想打仗，便撤軍了。

吳國

勾踐打楚國去了，對我們沒有威脅了。

您多喝點，別操心國事啦。

漫畫左傳 下

慶忌前往楚國打探，聽說了越國要打吳國的消息。

那越王的真正目的是吳國嘍？

大意了，我們都被勾踐騙了！

越王只是嚇唬嚇唬我們，根本不想打仗。

公子慶忌擔憂國事，向夫差進諫。

國君，您再這樣下去，吳國就要滅亡了！

給我滾出去！

就是，快滾！

慶忌

慶忌趕回吳國，向夫差報告了情況。

您必須除掉這些奸臣，同越國交好，否則越王會打進來的。

他們一片忠心，怎麼會是奸臣？

是啊，我們對國君比對自己親爸爸還忠誠呢！

必須殺了慶忌。

夜晚，奸臣們將慶忌暗殺了。

啊！

當年十一月，越國圍攻吳國。

不好了，勾踐打進來了！

什麼？

精兵呢？強將呢？軍費呢？

伍子胥和慶忌已經死了。

軍費都給您買珍寶美人了呀……

奸臣害我！

就這樣，吳軍在越軍的圍攻下毫無還手之力。

別打了腦殼疼！

要是伍子胥還在就好了。

看來我是不得善終了……

公元前 473 年，越國滅掉了吳國，夫差自縊而死。

告訴夫差，只要他投降，我就不會殺他。

來不及了，吳王已經上吊自殺了。

可惜了，還想讓他看到我稱霸的那一天呢。

越王勾踐滅掉了吳國後，聲名大震，鄰國也對他俯首稱臣。

越

勾踐也因此成為春秋時期最後一位霸主。

衛國給您送來了一車珠寶，您要不要去看看？

沒看到我在幹活嗎？

真是一位低調的霸主啊！

湯小團劇場

從今天起我要臥薪嘗膽、奮發圖強了！

加油！

他要做什麼呢？

好苦！我不幹了！

「臥薪嘗膽」可不是這樣理解的呀！

小知識

越王勾踐是個善惡分明的人。他可以為了自己國家放棄個人尊嚴，忍辱負重，東山再起。但他擊敗吳國後，逼死夫差，逼走范蠡，又殺了幫助自己的功臣文種，也說明他心胸狹小。

湯小團帶你學中國經典

漫畫左傳（下）

編　　者：谷清平
插　　圖：貓先生
腳　　本：程西金
責任編輯：張斐然
美術設計：黃觀山
出　　版：新雅文化事業有限公司
　　　　　香港英皇道499號北角工業大廈18樓
　　　　　電話：（852）2138 7998
　　　　　傳真：（852）2597 4003
　　　　　網址：http://www.sunya.com.hk
　　　　　電郵：marketing@sunya.com.hk
發　　行：香港聯合書刊物流有限公司
　　　　　香港荃灣德士古道220-248號荃灣工業中心16樓
　　　　　電話：（852）2150 2100
　　　　　傳真：（852）2407 3062
　　　　　電郵：info@suplogistics.com.hk
印　　刷：中華商務彩色印刷有限公司
　　　　　香港新界大埔汀麗路 36 號
版　　次：二〇二二年五月初版

本著物《湯小團·國學中的歷史》系列通過四川文智立心傳媒有限公司代理，經江蘇
鳳凰美術出版社授權，同意新雅文化事業有限公司在香港、澳門地區獨家出版及發行
中文繁體字版本。非經書面同意，不得以任何形式任意重製、轉載。

ISBN：978-962-08-8012-4